U0456773

浪花朵朵

大作家写给孩子们

金河王

[英]约翰·罗斯金 著

[美]伊丽莎白·M.费舍尔 绘

吴湛 译

上海人民美术出版社

目 录

引　言

  童书经典的魅力长盛不衰、历久弥新。而其中最富于艺术性、趣味性和想象力的一本，当数《金河王》。它的写作时间是 1841 年，当时只是供朋友私下传阅的手稿，后来又几经辗转，才终于在 1850 年出版面世。不难想象，这个精彩的故事征服了千千万万个孩子的心，让他们百读不厌。

  本来只是朋友间的消遣游戏之作，出版后却能赢得持久的好评和喜爱，这在文学创作上相当罕见。原因也许在于，作者一旦不去考虑书的卖点和人气，只为自己而写，就会尽情释放个性，不迎合读者群的口味和观念。然而，约翰·罗斯金写作童话《金河王》时并非如此。

  事情的来龙去脉在《金河王》1850 年初版本的"出版启事"中已有交代。出版者特意说明罗斯金对这个游戏之作本无出版的打算，为了表示对作者意愿的尊重，他们在"启事"中这样写道：

　　出版者认为，出于对作者的尊重，有必要对这个童话的来历作一番说明。

　　《金河王》写于 1841 年，是作者应一位非常年轻的小姐的要求而创作的。写作的初衷只是供她阅读消遣，从未打算出版。后来，这部手稿归作者的一位朋友保管。感谢这位朋友的提议和作者的默许，我们非常荣幸地得到了将这本书出版刊行的机会。

　　值得一提的是，这位"非常年轻的小姐"就是苏格兰少女艾菲·格雷。二十二岁的罗斯金为十二岁的艾菲写下了《金河王》，七年之后，艾菲成了罗斯金的妻子。

　　罗斯金本人对《金河王》并不看重。他在自传《过去》中谈到了这本书。"《金河王》是为了供一个小女孩消遣而写的。写作上借鉴了格林童话和狄更斯的小说，并加上了我游历阿尔卑斯山的切身感受。孩子们读这本书，肯定觉得生动有趣，同时还能学到为人处世的道理。但总的来说这个故事没什么意思，不值一提。我不擅长写故事，就像我不擅长布局作画一样。"

凡是读过这本书的人都能感受到，罗斯金的这番评价是多么偏颇。这绝不仅仅是一个供"孩子们"消遣的"有趣"故事，而是英国首屈一指的散文大师笔下展开的动人画卷，更是以极致优美的散文抒写而成的一首对散文之美的深情赞歌。

总之，《金河王》作为童书经典，故事寓意深刻，叙述曲折生动，自然描写充满诗情画意，因此它的魅力经久不衰，为一代又一代的孩子带来愉悦的阅读享受。

W. 蒙哥马利·梅杰

第一章
西南风骑士摧毁了黑心兄弟的农庄

从前，在施蒂利亚[1]僻静的群山中，藏着一个非同寻常的山谷。那里的土地肥沃得不得了，草木郁郁葱葱。山谷四周环绕着陡峭的石山，山势高耸入云，山顶终年积雪，从中涌出许多急流，化作一帘帘瀑布飞流直下。其中一帘瀑布悬挂在峭壁上自东向西垂落。那面峭壁极高，因此，当太阳落山时，别处的阳光都消逝了，峭壁下方一片漆黑，那帘瀑布却依然沐浴着落日余晖，远远望去，仿佛在下一场金雨。因此，附近的人们称它为金河。奇怪的是，这些瀑布没有一条注入山谷，而是流向山的另一边，穿过广阔的平原，流经人口稠密的城市，一路蜿蜒而去。不过，云朵时常积聚到雪山周围，在

---

1. 奥地利东南部的一个联邦州。——译者注（全书同）

环抱的山谷中歇息，即使到了炎热干旱的时节，附近其他地方都被晒得焦渴不堪，这个小小的山谷仍然风调雨顺，庄稼收成累累，干草堆积如山，苹果艳红，葡萄殷紫，美酒芳醇，蜂蜜香甜。人人看到这番景象都惊叹称奇，于是大家就把这个地方叫作"珍宝谷"。

整个山谷属于兄弟三人：施瓦茨、汉斯和格拉克。老大施瓦茨和老二汉斯长得很丑，两撇吊梢眉毛下面，一双无神的小眼睛总是微眯着，让人觉得难以捉摸，又感觉完全被他们给看透了。他们在珍宝谷中以务农为生，是十分精明的农场主。凡是敢来珍宝谷吃白食的，都被他们赶尽杀绝。他们射杀乌鸦，因为它们啄食水果；他们干掉刺猬，以免它们偷偷吮吸牛的乳汁；他们毒死蟋蟀，因为它们吃厨房里的面包屑；就连知了也被他们用烟熏死了，只怪它们夏天总在椴树上唱个不停。他们雇人干活从不付钱，等到那些帮工不愿再干了，他们就故意挑起事端，把帮工们赶出门去，连一分工钱也不给。有了这么肥沃的农田，再加上这般一毛不拔的经营之道，他们不发大财才怪呢。而他们也确实成了富翁。他们常常刻意囤积粮食，等价格飞涨再以两倍的价钱卖出去。家中的地板上到处是成堆的黄金，却从来不见他们施舍哪怕一个铜板、一片面包来做善事。他们从来不去教堂，对缴纳什一税[1]满口怨言。总之，他们脾气暴躁、冷酷无情，跟他们打过交道的人纷纷给他们安上"黑心兄弟"的骂名。

兄弟中的老三格拉克，无论外貌还是性情都与两个哥哥天差地别，谁也想不到他们竟然会是亲兄弟。格拉克还不到十二岁，面容清秀，眼睛碧蓝，对所有生灵都充满善意。他自然不认同两个哥哥为人处世的方式，而他们看他更是不顺眼。每逢吃烤

---

1. 什一税是欧洲基督教会向民众征收的一种宗教捐税，公元6世纪，教会利用《圣经》中"农牧产品的十分之一属于上帝"的说法，开始鼓吹征收什一税。

4

肉时，他们就安排他在火炉边旋转烤肉叉。不过他们吃烤肉的机会并不多，说句公道话，老大和老二不仅对别人吝啬，对自己也同样苛刻。格拉克天天忙着擦鞋子、擦地板、洗盘子，两个哥哥偶尔会把盘中的剩饭赏给他作为奖励，更多的是借着教育的名义对他拳打脚踢。

日子就这样一天天过去，过了很长时间。直到一个多雨的夏天，周围地区都遭了灾：干草还没来得及好好储存，就被洪水一堆堆冲进了大海；葡萄藤被冰雹砸得稀巴烂；庄稼都染上黑斑病枯萎而死。唯独珍宝谷中一切如常，安然无恙。正如别处大旱时，谷中雨水充沛；现在别处阴雨连绵，这里仍是阳光灿烂。人们只好到黑心兄弟的农场去买粮食，离开时无不对他们满口咒骂。他们漫天要价，人们也只能任由他们牟取暴利。至于那些无钱可付、只能乞讨的穷人，即使马上就要饿死在他们家门前，也不会得到他们的半点关注和怜悯。

冬天来了，天气十分寒冷。这一天，两个哥哥要外出，格拉克留在家里烤肉。出门前他们照例吩咐格拉克不许让任何人进来，也不许送东西给别人。格拉克紧挨着火炉坐下，因为外面下着大雨，厨房的墙壁湿答答的，屋里很不舒服。他将烤肉又转了又转，肉渐渐开始飘出香味，颜色变得焦黄。"太可惜了，"格拉克想，"我的两个哥哥从来不请人吃饭。我敢说，眼下他们有这么一大块香喷喷的羊肉，而别人却连一块干面包也吃不上呢。要是有人一同分享，他们也会开心的吧。"

这时，屋外传来了连续两下敲门声，声音又闷又重，像是门环被绑住了一样，与其说是敲门声，不如说听起来更像风吹的声音。

"一定是风，"格拉克说，"应该没人敢在我们家门上连敲两下吧。"

不，不是风。那重重的敲门声又响了起来。奇怪的是，敲门人似乎十分急切，不敲开门决不罢休

的样子。格拉克走到窗边，打开窗户，伸出头去看个究竟。

那是个怪模怪样的小老头，格拉克这辈子还没见过长相这么奇特的人呢。他有一个大大的鼻子，鼻头泛着黄铜色；一张圆脸红扑扑的，活像是努起嘴对着火堆使劲吹了整整两天两夜；眼睛透过细长柔顺的睫毛，兴奋地忽闪忽闪；嘴巴两边的胡子拧了两圈，就像两个开瓶塞用的螺丝起子；头发花白，犹如黑胡椒面里掺了白盐，长长地披在肩上。他身高大约一米四，戴着一顶锥形帽，那帽子又尖又长，跟他本人的个头一般高，上面插着一根差不多一米长的黑羽毛。他的紧身上衣长长地拖在身后，有点像现在的"燕尾服"，可是样子比普通"燕尾服"还要夸张得多。不过，上衣大部分都被他鼓鼓囊囊的斗篷给盖住了。那件巨大的斗篷乌黑发亮，在晴朗无风的日子里准会长得拖地，这会儿房子周围呼啸的狂风把它从小老头肩上吹向空中，看起来足足有他身体的四倍长呢。

格拉克看到这位不速之客的奇形怪貌，整个人惊呆了，站在原地一句话也说不出来。那小老头等得不耐烦，又抓起门环"咣咣咣"演奏了一首更铿锵的"敲门协奏曲"，然后转身去抓他那被狂风高高吹起的斗篷，他这一转身不打紧，恰好看见格拉克的金发小脑袋正从窗户中探出来，一副目瞪口呆的样子。

"喂！"小老头叫道，"你听到敲门声，怎么还不开门？我都湿透了，快让我进去！"

说句公道话，这小老头确实湿透了。他帽子上的羽毛耷拉在两腿之间，活像丧家犬的尾巴；羽毛上的水珠滴滴答答地往下淌，又像大雨中不停滴水的雨伞。雨水从他嘴巴两边的小胡子流进他的马甲口袋，又从口袋中流淌出去，如同推动磨坊水车的溪流。

"不好意思，先生，"格拉克说，"真是对不起，但我真的不能。"

"不能做什么？"小老头问道。

"我不能让您进来，先生，真不行。要是两个哥哥知道我有这样的念头，他们准会打死我的。您想要什么呢，先生？"

"想要什么？"小老头不耐烦地说，"我想找个地方躲躲雨，烤烤火。你屋里的炉火烧得多旺啊，火苗噼啪作响，火光在墙上闪烁起舞，却没有人享受这份温暖。让我进去吧，拜托，我只是想暖暖身子。"

这时候，格拉克的脑袋已经探出窗外好一会儿了，亲身感受到天气真是冷得让人受不了。他回头看了看炉火，只见美丽的火焰发出沙沙的声音，猛烈地向烟囱伸出又长又亮的火舌，仿佛被香喷喷的烤羊腿引得口水直流。难道要让这么好的炉火白白烧尽吗？他的心软了下来。"他看起来真的湿透了，"小格拉克心想，"我只让他进屋里待一刻钟。"

于是他转身走到门口，打开了门。那小老头走进屋里，同时刮进来一阵狂风，吹得老旧的烟囱直摇晃。

"这才是个好孩子呢，"小老头说，"不用怕，等你的哥哥们回来，我来向他们解释。"

"先生，千万别这么做，"格拉克说，"您得在他们回来之前就走，否则他们准会要我的命。"

"天哪，"小老头说，"那真是糟透了。我能在这里待多久呢？"

"羊肉烤好时您就得走，先生，"格拉克回答，"现在它已经烤出焦黄色了。"

于是小老头走进厨房，径自坐在火炉旁的架子上，他的帽尖实在太高了，比屋顶还高，只好塞进烟囱里。

"您这么坐着，很快就能把身上的衣服烘干了。"格拉克说着，继续坐下来翻烤羊肉。可是，小老头身上的衣服不但没有烘干，反而没完没了地往煤渣上滴水，炉火随之发出"嘶嘶嘶"和"噼里啪啦"

的声音，火焰渐渐暗淡下来，屋里的融融暖意也消散了。这斗篷也太离谱了！每条衣褶都像排水沟似的，不停在淌水。

就这样，斗篷里的水淌到地面上，汇成一条条水银般的长流。格拉克眼睁睁地看着这番景象，一刻钟之后，他终于忍不住说："先生，不好意思，我帮您把斗篷脱下来，好不好？"

"不用了，谢谢你。"小老头说。

"那脱掉您的帽子？"

"这样戴着没事，谢谢你。"小老头不耐烦地说。

"可是……先生……不好意思，"格拉克吞吞吐吐地说，"不过呢……说实话……您衣服上的水就要把炉火给浇灭了。"

"那羊肉不就烤得慢些了嘛。"他的客人冷冰冰地回答。

小老头冷淡中带着客气，这种奇怪的态度让格拉克摸不着头脑。他转头盯着烤肉，若有所思地坐在那里。五分钟过去了。

"羊肉烤得好香啊,"小老头开口说道,"能让我尝一点儿吗?"

"不能,先生。"格拉克说。

"我太饿了,"小老头接着说,"我都两天没吃东西了。你就给我一丁点儿骨头缝里的肉,他们肯定不会发现的。"

见他说得这么可怜,格拉克又心软了。"他们说过,今天的烤肉可以分给我薄薄的一片,就把我的那份给你吧,但一点儿也不能再多了。"

"这才是个好孩子呢。"小老头又重复了一遍先前的话。

于是格拉克先把盘子温热,接着把刀子磨了磨。"就算真的因此挨揍也没关系。"他这么想着,切下了一大块烤肉。就在这时,猛然响起一阵剧烈的敲门声。小老头"嗖"的一下跳下炉架,仿佛那架子突然热得烫屁股似的。格拉克连忙把肉放回原位,

尽量拼合成毫无破绽的样子，然后才跑去开门。

"你让我们在雨里等这么久是怎么回事？"施瓦茨一边进屋一边说，雨伞直接甩到了格拉克的脸上。"哼！到底怎么回事？你个臭小子！"汉斯跟在大哥身后走向厨房，顺手就扇了格拉克一记耳光以示教训。

"我的天啊！"施瓦茨打开厨房的门，惊讶地叫道。

"你好。"小老头说。他已经脱下帽子，站在厨房中央，门一开就飞快地向他们鞠了个躬。

"他是谁？"施瓦茨操起一根擀面杖，恶狠狠地瞪着格拉克。

"哥哥，我真的不认识他。"格拉克战战兢兢地回答。

"那他是怎么进来的？"施瓦茨吼道。

"我的好哥哥，"格拉克哀求说，"当时他浑身湿透了，我这才让他进来躲躲雨。"

　　施瓦茨挥着手中的擀面杖向格拉克打去，眼看擀面杖就要砸上格拉克的脑袋，小老头举起他的锥形帽一挡，擀面杖撞上了帽子，这么一震，帽子里的雨水哗啦啦流得满地都是。更奇怪的是，擀面杖刚一碰到帽子，就从施瓦茨的手里飞了出去，像狂风中的稻草般无力地打了几个转，掉落在房间远处

的角落里。

"你到底是什么人？"施瓦茨转过身逼问小老头。

"你来这里干什么？"汉斯也恶狠狠地问。

"先生，我只是个可怜的老头，"小老头客客气气地说，"我从窗外看到了你家的炉火，就求这孩子让我进来躲一会儿雨。"

"那就请你再走出去吧，"施瓦茨说，"我们厨房里的水已经够多了，简直要变成晾衣间了。"

"先生，这么冷的天，你们怎么忍心把一个老人赶出门去呢？看在我这满头白发的分上，让我再待一会儿吧。"就像前面说过的，小老头花白的头发长长地披在肩上。

"哼！"汉斯说，"有那么多白头发，够保暖的了。赶紧走吧。"

"先生，我太饿太饿了，在我走之前，可以给我一丁点儿面包吗？"

"面包！你在做什么白日梦？"施瓦茨叫道，"你以为我们的面包多得没处放，只能送给你这个红鼻子的家伙吗？"

"你不会卖掉那根羽毛换吃的吗？"汉斯冷笑着说，"快给我滚出去！"

"给一点儿吧。"小老头哀求着。

"快滚！"施瓦茨吼道。

"先生，求求你们了……"

"再不滚就吊死你！"汉斯咆哮着，就要去揪小老头的衣领。可他刚一碰到衣领，就像擀面杖一样飞了出去，在空中翻滚了好几圈，同样跌进了角落里，正好落在之前那根擀面杖上。施瓦茨看了气得火冒三丈，冲向小老头，想把他赶出门去。可他的下场没什么两样，刚一碰到小老头，就冲着擀面杖和汉斯的方向飞了出去，跌落时脑袋还重重地撞在墙上，摔进了墙角里。这下好了，兄弟俩就和那根擀面杖一起躺在墙角里做伴了。

　　这时候，小老头朝着反方向飞快地旋转起来，一直转到长长的斗篷完全裹在他身上，裹得整整齐齐的，然后将帽子歪歪地扣在脑袋上，因为帽子太高了，要想把它正着戴，除非捅穿天花板。接着他拧了拧那两撇螺丝起子般的胡子，从容自若地说："先生们，祝愿你们早上愉快。今晚十二点我会再来的。你们对我如此冷酷无情，今晚我最后一次来拜访，无论怎么回敬，你们都不会感到意外吧。"

　　"要是再让我在这儿逮到你……"施瓦茨嘟囔着，惊魂未定地从角落里走出来。可是，他这句话还没说完，小老头已经离开了，只听房门"砰"的一声重重关上。与此同时，一抹碎云掠过窗前，舒卷聚散，变化着各种形状飘向山谷，在空中不断翻腾，最终化作一阵疾风骤雨。

　　"你真是功德无量啊，格拉克先生！"施瓦茨说，"把羊肉端上来吧，这位先生。如果再让我发现你做这种蠢事——天哪，这羊肉怎么被切开了！"

"哥哥，你答应过要分给我一片的，对吧？"格拉克说。

"噢！看来你是趁热切的，打算独吞所有的肉汁呢。你最近都不用指望我再答应你这等好事了。滚出去，乖乖待在煤窖里，等我叫你才许出来。"

格拉克伤心地离开了房间。两个哥哥痛痛快快地吃了一顿香喷喷的羊肉，把吃剩下的肉锁进橱柜里，接着就喝起酒来，喝得酩酊大醉。

这一夜真是太可怕了！狂风呼啸，暴雨如注，毫无停歇。兄弟俩喝得晕乎乎的，勉强打起精神关上所有的百叶窗，又给大门插上了两道门闩，就回房睡觉了。他们俩睡同一个房间。夜里，时钟刚敲过十二下，他们就被一阵巨响惊醒了。房门轰然大开，整座房子都被震得直摇晃。

"怎么回事？"施瓦茨一声惊叫，从床上坐了

起来。

　　"是我。"小老头说道。兄弟俩坐在长靠枕上，努力看清黑暗中的情况。屋里到处都是水，借着从百叶窗缝隙里透过来的朦胧月光，他们看见房间中央有一个巨大的泡沫球，不停地旋转，还像钓鱼用的软木浮球般上下浮动着。那个小老头就斜躺在泡沫球上，仿佛躺在最舒适豪华的靠垫上似的，他还

是同样的装束，还戴着那顶帽子，这回他的帽子不必再歪着戴了，因为屋顶早就被掀飞了。

"真是抱歉啊，打扰你们了，"这位客人充满讽刺地说，"这张床恐怕已经湿了吧，你们不妨去弟弟的房间挤一挤，他房间的屋顶我还留着呢。"

不用小老头再说第二句，兄弟俩就连滚带爬地冲进了格拉克的房间，他们浑身上下都湿透了，吓得魂飞魄散。

"我把名片留在厨房的桌子上了，"小老头冲他们的背影叫道，"记住，这是我最后一次拜访。"

"别再来了！"施瓦茨瑟瑟发抖地说。紧接着泡沫球就消失了。

天总算亮了。清晨，兄弟俩从格拉克房间的小窗向外望去，只见珍宝谷满目疮痍，已经沦为一片废墟。洪水把树木、庄稼和牲畜通通冲走了，只留下一片狼藉的红沙砾和灰泥浆。兄弟俩哆哆嗦嗦、胆战心惊地爬进厨房。一整层楼都被洪水冲毁了。

粮食、钱财，凡是能移动的东西几乎都被扫荡一空。唯独厨房的桌子上留有一张白色的名片。名片上写着几个龙飞凤舞的大字：

西南风骑士。

第二章
西南风骑士来访的后话，
以及小格拉克与金河王的会面

　　西南风骑士说到做到，自从那次声势浩大的来访之后，就再也没有踏入珍宝谷一步。更糟糕的是，西南风骑士的亲戚们——也就是各路西风，向来对他言听计从，这下也纷纷决定跟他共同进退，再也不到珍宝谷来了。从此之后，珍宝谷一年到头一滴雨水也没有。四周的平原依旧草木青葱，万物欣欣向荣，这三兄弟的珍宝谷却变成了一片不毛之地。这里曾经拥有最最肥沃的土壤，如今却已化作一堆堆红色的流沙。兄弟三人终究敌不过恶劣的天气，眼看土地再无产出，他们只能绝望地舍弃祖祖辈辈耕耘的珍宝谷，去往山谷之外的城市和平原另谋生计。他们积攒的黑心钱很快就花得精光，身边再没有什么值钱的东西了，只剩下几件式样古怪的旧金

器。

　　"不如我们改行做金匠吧？"他们来到了一座大城市，施瓦茨向汉斯提议道，"这一行真是一本万利，我们可以把许多铜掺到金子里，谁也看不出来。"

　　汉斯也觉得这是门好生意。于是，他们租了个冶金的熔炉，当起了金匠。然而，他们的生意却十分惨淡，一来他们掺了铜的金子成色不佳，人们不愿意买；二来每次只要卖出点东西，有了收入，两个哥哥就会吩咐小格拉克在家照看熔炉，自己则去隔壁酒馆喝酒，喝到把这笔收入花光为止。就这样，他们的旧金器几乎都投进了熔炉，换来的钱又被挥霍一空，没有钱再去买更多金子来冶炼。

最后，他们只剩下一个大大的金杯。那是舅舅送给小格拉克的，是他非常珍爱的宝贝，走到哪里就带到哪里，只舍得用来喝牛奶和水。金杯的造型十分奇特，把手是由两股飘逸的金丝编织而成的发辫，金丝纺得极其精细，看起来不像金属，倒像丝绸。这根金色发辫向下延伸，变成了浓密的连鬓络腮胡子，做工同样细致精巧。发辫和胡须连成一圈，装饰着杯子正中央那张凶神恶煞的小脸，脸色是最最精纯的金色，脸上有一双威风凛凛的眼睛，仿佛正对着周围发号施令。只要从这个杯里喝水，就无法避开这双眼睛的瞪视。施瓦茨口口声声说，有一次他用这杯子连喝了十七杯莱茵河谷葡萄酒之后，

竟瞧见这双眼睛眨了眨呢。

　　他们再没有别的金子了，就打起了这个金杯的主意，要将它熔化做成勺子。可怜的小格拉克心痛得不得了，两个哥哥却毫不理会，嘲笑了他几句，顺手把金杯投入熔炉，然后就大摇大摆地到酒馆里寻欢作乐去了。格拉克像往常一样留在家里照看熔炉，等金子熔化了就倒进模具里去。

他们走后，格拉克对正在坩埚中熔化的老朋友投去诀别的目光。那飘逸的金丝已经化掉了，只剩下通红的鼻子和明亮的双眼，眼神比从前更加凶狠。格拉克想道："这也难怪，毕竟它遭受了这样的伤害呀。"他心情郁闷，慢慢踱到窗边，避开热气熏人的熔炉，坐下来吹一吹傍晚清新的凉风。从这扇窗望出去，环抱珍宝谷的群山尽收眼底，悬挂金河的那面峭壁更是一览无余。此刻正值黄昏，格拉克坐在窗前，凝望远处的暮色。落日的余晖将山顶的岩石渲染得万紫千红，绚烂的火烧云缭绕在群山间，摇曳飘荡。最夺目的要数那条飞流直下的金河，像一幅波动的纯金，流过一座座悬崖峭壁。两弯长长的紫色霓虹横跨金河之上，映衬着喷薄的水雾时隐时现。

"唉！"格拉克沉浸在眼前的美景中，不禁大声感叹道，"如果那条河真是条金河，那该有多好啊！"

"那可行不通，格拉克。"他耳边分明响起了一

个带着金属质感的声音。

　　"我的天！这是什么声音？"格拉克惊叫着跳了起来。周围明明没有别的人。他在屋里找了一圈，检查了桌子底下，还一次次地回头往身后看，可是连一个人影也没瞧见。他又回到窗边坐下。这次他嘴上什么也没说，可心里仍然忍不住幻想，如果那条河真是条金河就好了。

"那真行不通，我的孩子。"那个声音又响起来了，比刚才还要大声。

"我的天！"格拉克又惊声叫道，"究竟是谁在说话？"他又在屋里认真地搜寻了一遍，所有的角落和橱柜都找过了，仍然一无所获，最后他以为那个人藏在自己身后，只好在屋子中央飞快地转起圈来。就在这时，那个声音又在他耳边响起了。这次它欢快地歌唱着"啦啦……哩啦……啦"，没有歌词，只是一段活泼又悦耳的哼唱，有点像烧水壶里水沸腾的声音。格拉克望向窗外。不对，那声音肯定是在屋里响起来的。他又往楼上楼下扫了一眼。不对，那声音绝对出自这个房间，节奏还越来越快，声音也越来越清晰："啦啦……哩啦……啦。"格拉克突然感觉到，熔炉旁边声音更响。他灵机一动，赶紧跑过去看个究竟。他从炉口向里看去，果不其然，他猜对了，那声音不仅是从熔炉里传出来的，而且像是从炉中的坩埚里发出来的。他揭开锅盖，吓得立刻跑开了几步，原来真的就是锅里有声音在唱歌！他跑进房间最远的角落，举着手，张着嘴，呆呆地站了一两分钟。接着，歌声停住了，那个声音开始说话，说得字正腔圆，十分清晰。

"喂！"那个声音叫道。

格拉克没有应声。

"喂！格拉克，我的孩子。"坩埚里的声音又响起来。

格拉克鼓起全部的勇气，径直走到熔炉前，一把将坩埚拿了出来。他往里一看，金杯已经完全熔化了，金水的表面光滑锃亮，就像河水一样。可是，当格拉克探头朝里看的时候，他看见的不是自己的倒影，而是他那位金杯上的老朋友，正透过金水和他四目相对呢。通红的鼻子和锐利的双眼依然在，甚至比从前还红一千倍、还锐利一千倍。

"过来吧，格拉克，我的孩子。"坩埚里又发话了，"我没事，把我倒出来吧。"

但格拉克惊呆了，全身僵住，动弹不得。

"我说，快把我倒出来。"那声音有点不耐烦。

可格拉克还是一动不动。

"你能把我倒出来吗？"那声音生气了，"我太热了。"

格拉克好不容易才让自己的手脚重新听使唤，他端起坩埚，慢慢倾斜，好把金水倒出来。然而他倒出来的并不是液体。先是两条漂亮的小金腿，然后是外套的下摆，接着是一双叉着腰的手臂，最后，才是他的金杯老朋友那张熟悉的脸庞。全部倒完之后，各个部分就自动拼在一起，组合成一个金色的小矮人，还不到半米高，神采奕奕地站在地板上。

"这就对了！"小矮人说着，伸伸胳膊踢踢腿，使劲上下摇晃脑袋，活动了足足五分钟才停下来，似乎在检查自己的身体有没有组装到位。格拉克就站在旁边，目瞪口呆地看着他。他身穿一件金丝织成的开衩紧身上衣，质地精良细腻，闪耀着绚丽的

光泽，如同珍珠贝母的表面。他的头发和胡子卷曲
而又飘逸，长长地垂下来，几乎盖住了这件华丽的
衣服。发丝和胡须都极其纤细，格拉克根本看不清
它们有多长，只觉得它们的尖梢像是化在空气中一
样。他的脸庞却不像头发和胡子那么精致，反倒相
当粗犷，皮肤略带黄铜色，一脸不好惹的表情，显
然是个性格十分顽固执拗的人。小矮人对自己的身

体检查完毕，一双锐利的小眼睛转向格拉克，故意直勾勾地盯着他看了几分钟。"格拉克，我的孩子，那可行不通。"小矮人说道。

无端冒出这么一句话，真叫人摸不着头脑。这话也许是在回应格拉克之前的想法，毕竟最开始就是那个脱口而出的念头让小矮人在坩埚里说起话来。但不管这话是什么意思，格拉克都打定主意绝不反驳。

"行不通吗？先生。"格拉克好声好气地问道。

"是，"小矮人斩钉截铁地回答，"绝对行不通。"说完这话，小矮人一把把帽子扯下来盖住眉毛，在屋里来回走了两趟，脚步抬得高高的，落得重重的，每趟都走出去一米远。他这么一走动，格拉克趁机定了定神，发现自己根本没必要这么害怕小矮人。渐渐地，他的好奇心压倒了恐惧，于是他大胆地提出了一个离奇又冒昧的问题。

"不好意思，先生，"格拉克犹犹豫豫地问，"您

就是我的那个杯子吗？"

话音刚落，小矮人猛然转过身来，径直走到格拉克面前，昂首挺胸地说："我是金河王！"说完，小矮人又在屋里来回走了两趟，这次每趟走出去两米远，好让格拉克有时间从惊愕中回过神来，好好消化他说的这句话。接着，他又走到格拉克的面前，静静地站在那里，仿佛在等待格拉克对那句话做出

反应。

　　格拉克只能硬着头皮说："祝愿陛下安康。"

　　"听着！"小矮人没有回应格拉克礼貌的问候，直接说道，"我就是你们凡人口中的金河王。你之前看到我那副样子，是一个邪恶的国王使的坏，他的法力比我更高强，就把我困在金杯中，这下你恰巧破除了他的魔法，让我重获自由。我了解到了你的为人，还有你对两个坏哥哥的包容，所以我决定帮助你。我接下来对你说的话，你可要用心听好了。无论是谁，只要前往金河的发源地，爬上那座峭壁，向金河的源头洒下三滴圣水，河水就会变成金子，专属于他的金子。不过，倘若第一次尝试失败了，就再也没有机会试第二次了。如果有人胆敢洒下不圣洁的水，他就会被河水吞没，变成一块黑

石头。"说完，金河王转过身，从容不迫地走向熔炉，投入熊熊烈火之中。他的身体不断变化着，先是通红，而后发白，变得越来越透明，发出耀眼的光芒，接着化作一团炽热的火焰，升腾而起，摇摇颤颤，终于消失得无影无踪。金河王就这样蒸发了。

　　"哎呀！"可怜的格拉克追了过去，仰望烟囱，大声叫道，"哎呀呀，天哪！天哪！我的天！我的杯子！我的杯子！我的杯子！"

第三章
汉斯的金河探险之旅

金河王才刚刚离奇地蒸发掉，喝得烂醉的施瓦茨和汉斯兄弟俩就回了家，一路大呼小叫地进了门。他们发现仅剩的金杯不见了，气得酒都醒了一半，把格拉克揪过来就是一顿毒打，足足打了十五分钟，直到他们俩都打累了，各自瘫坐在椅子上，才让格拉克开口解释究竟发生了什么事。格拉克把事情的经过告诉两个哥哥，他们自然是一个字也不相信，又狠狠地揍了他一顿，甚至两个人胳膊都打酸了，再也打不动了，这才蹒跚着上床睡觉。第二天早上，他们再次向格拉克逼问金杯的下落，格拉克的说法仍然跟之前一模一样，两个哥哥开始相信他的话了。紧接着，他们就为了谁有资格先去金河碰碰运气而吵了起来，兄弟二人争执不下，终于拔出剑来，大打出手。打斗的声音惊动了邻居，他们

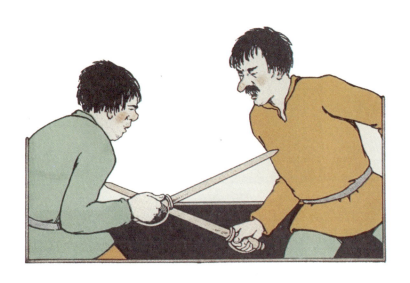

眼看无法平息事态，就索性报了警。

　　汉斯发现警察来了，赶紧溜出去藏了起来。施瓦茨则被带到法官面前，由于打斗扰乱了治安，他被判处罚款。可是他身无分文，因为昨天喝酒已经把钱都花光了，就这样他被关进了监狱，直到付清罚款才能出来。

　　汉斯听到这个消息可真是乐坏了。他决定立刻动身前往金河。现在的问题是怎么得到必需的圣水。他去找牧师，但牧师根本不肯把圣水交给这么一个不安好心的无赖。于是，汉斯假意去参加晚祷——这可是他生平头一回进教堂，他假装在胸前画十字，偷了一小杯圣水，兴高采烈地回家了。

　　第二天早上天还没亮，汉斯就起床了。他把圣水装进一个结实的长颈水壶，再往野餐篮里放上两瓶酒和一些肉，然后背起水壶和野餐篮，手握登山杖，踏上了前往金河的旅途。

出城的道路会经过监狱，路过时汉斯向监狱的窗户看去，刚好瞧见了愁眉苦脸的施瓦茨，正从窗栅的缝隙里向外张望呢。

"早上好啊，大哥，"汉斯说，"你要不要给金河王捎个口信？"

施瓦茨气得咬牙切齿，拼命摇晃窗栅，汉斯却只是对他冷嘲热讽，还劝他好好待在监狱里等自己回来。接着，汉斯动作夸张地拽了拽肩上的野餐篮，又举起装着圣水的长颈水壶对着施瓦茨晃呀晃，晃得瓶中的水都泛起了白沫，这才得意扬扬地大步走开。

这真是个令人心旷神怡的清晨，更何况前方还有金河在等待探寻。平流雾饱含水汽，在山谷间缭绕盘旋；茫茫群山在雾气中拔地而起，低矮的山崖被笼罩在阴影里，与迷离的水雾浑然一体，随着山势逐渐升高，终于迎上了缕缕阳光。阳光以耀目的红色勾勒出棱角分明的峭壁，并且透过峭壁上一排排长矛般的松林，放射出万丈光芒。山崖高处耸立着一堆堆红色碎石块，形同一座座巨大的城堡，参差错落，千奇百怪，许多石缝中有残雪未化，在阳光照耀下宛如一道道分叉的闪电。最高高在上的是终年积雪的山巅，它们沉睡在蓝天的怀抱中，比清晨的云雾还要缥缈难辨，却更纯净、更永恒。

金河的发源地没那么高，那片悬崖上也没有雪，此刻还几乎完全笼罩在阴影之中，只能看到喷溅的水雾，像轻烟般从滚滚奔流的瀑布上升起，又在晨风中拖出淡淡的烟圈，渐渐飘散得无影无踪。

汉斯眼里只有远处的金河，心中只想赶紧拿到金子，贪欲使他忽略了离金河还有漫漫长路，只顾脚步匆匆地前进。因此，他才刚走到一道低矮青葱的山脉面前，就已经疲惫不堪了。等他翻上这道低矮的山脉，赫然发现前方有一片巨大的冰川，横亘在通向金河源头的路上。虽然他对珍宝谷周围的群山相当了解，却从来不知道还有这么一片冰川。他

仗着从小在山里长大，山路走得熟练，就大胆地踏上了冰川，然而他很快就发现，这简直是他这辈子走过的最奇特、最危险的冰川。冰面极其湿滑，从每条裂缝中都传出流水奔涌的轰鸣声，那声音既不单调也不低沉，反而既多变又刺耳，时而升调变得高亢激越，时而降调变得短促悲伤，有时还会猝然进发数声尖叫，犹如人类在危难时的惊呼、痛苦时的哀号。冰川裂成无数块形态各异的碎冰，可是在汉斯看来，没有一块像是生活中普通碎冰块的样子。它们的轮廓仿佛都在勾勒一种奇特的表情，像一张张鲜活的面孔，扮着鬼脸，充满轻蔑。无数缭乱的阴影和诡异的光线，在淡蓝色的冰棱内外游移、浮动，把走在冰川上的汉斯晃得眼花缭乱；冰层下的潜流一刻不停地奔涌着、轰鸣着，更令他双耳若聋、晕头转向。他越往前走，环境就越恶劣。冰面在他的脚下破碎，张开新的裂缝；摇摇欲坠的冰塔在他的身边晃动，还时不时在他的前方轰然倒塌。面对这万分惊险的冰川，还有极度恶劣的天气，汉斯一路克服重重困难，终于来到了最后一道冰裂缝面前，心中突然涌起一阵比之前还要强烈的恐慌感。他刚用力跳过冰裂缝，就倒在了茂密的草地上，整个人惊魂未定，筋疲力尽，不停颤抖着。

穿越冰川时，那个满满的野餐篮成了危险的负累，因此汉斯不得已扔掉了一整篮食物。这会儿他终于走出险境，忽然感觉肚子很饿，身边却什么食物也没有了。他只好掰下一些冰块放进嘴里，这样虽然不能充饥，却十分解渴。他休息了一个小时，体力渐渐恢复过来。对金子的贪欲令他勇气倍增，绝不放弃。于是，他继续踏上艰苦的旅途。

他现在必须沿着一道山脊笔直地向上攀登，那里的红色山岩光秃秃的，既没有柔软的小草为行人垫脚，也没有突出的棱角挡住灼热的阳光，为行人提供些许阴凉。此时刚过正午，阳光劈头盖脸地照在陡峭的山路上，一丝风也没有，空气热得发烫。

50

汉斯早已被晒得有气无力，此时更是焦渴难耐，他对着挂在腰上的长颈水壶看了又看，终于忍不住想："只喝三滴就好，我至少可以润一润嘴唇吧。"

他打开水壶，举向嘴边，忽然看见旁边的岩石上躺着个什么东西，似乎还动了一下。他定睛一看，原来是只小狗，很明显快要渴死了。它的舌头伸在外面，嘴里干巴巴的，四肢瘫软，呼哧呼哧地喘着

粗气，黑蚂蚁成群结队地在它的嘴唇和喉咙上面爬来爬去。小狗的眼睛巴望着汉斯手里的水壶。汉斯举起水壶，喝了一大口，然后一脚踢开这只可怜的动物，大步向前走去。不知怎么回事，他感觉天上突然掠过一个奇怪的影子。

汉斯继续往前走，这条山路变得越来越险峻，越来越崎岖。高山上的空气不但没有让他神清气爽，反而令他浑身血液灼热，像发烧般头晕脑涨。山间瀑布的奔流声，在他听来恍如嘲笑，它们全都遥不可及，他的干渴却如影随形，步步逼近。又过了一个小时，他忍不住看向身侧的水壶，尽管现在水壶已经空了一半，要留下三滴圣水还是绰绰有余的。他停下脚步，正要打开水壶，又发现有个东西在前方道路上动了动。竟然是个漂亮的孩子，正半死不活地躺在岩石上，渴得气喘吁吁，她双目紧闭，嘴唇皲裂起皮，干得都快冒烟了。汉斯无动于衷地看了那孩子一眼，又举起水壶喝了一口，就大步向前走去了。这时，一团阴沉的乌云遮住了太阳，长蛇般的阴影沿着山势蜿蜒而上。汉斯硬着头皮继续往前走。太阳渐渐隐没，却没有带来丝毫凉爽。空气死一般沉闷，重重地压下来，汉斯的眉间和心上仿佛有千钧重量，几乎令他喘不过气来。不过，目的地已经近在眼前了。汉斯抬头一看，只见金河瀑布正从山上飞流直下，只要再攀登一百五十米就能到达它的源头。他停下来喘了口气，很快就起身继续前进，准备一鼓作气，达成此行的目的。

就在这时，他的耳边传来一声微弱的呻吟。他转过身，看见一位白发苍苍的老人躺在岩石上。老人的双眼已经凹陷，面容憔悴不堪，神情充满绝望。"水！"他向汉斯伸出双臂，有气无力地哀求

道，"水！我快渴死了。"

"我没有水，"汉斯回答，"你已经活了那么多年，没必要在你身上浪费水了。"他大步跨过老人虚弱的身体，继续赶路。突然间，一道蓝色闪电自东方横空而出，像一把锋利的宝剑，接二连三地划破整个天幕，继而留下一片深不可测的黑暗。落日像一个烧得通红的大火球，猛然向着地平线坠落。

金河的轰鸣声灌进了汉斯耳中。他站在峭壁上，脚边就是奔涌着金河的沟壑。夕阳之下，瑰丽的余晖映照着金河的波浪，浪尖犹如炽烈的火舌般不停摇曳跳动，喷出的白沫闪耀着血色的光芒。汉斯感觉到金河的水声越来越响，就像轰隆不断的雷声，直震得他头昏脑涨。他激动地从腰间解下长颈水壶，用力扔进急流的中央。说时迟那时快，一阵彻骨的寒意穿透了他的四肢，他一个踉跄，尖叫着跌进河里。金河的轰鸣声立刻淹没了他的哭喊。夜色中，金河发出一阵阵刺耳的哀号，那是河水正在冲刷着——黑心汉斯变成的黑石头。

第四章
施瓦茨的金河探险之旅

可怜的小格拉克一个人留在家里，忧心忡忡地等待汉斯回来。可是，他等了很久也没见到汉斯的身影，越想越害怕，就去了趟监狱，把汉斯前往金河的事情告诉了施瓦茨。施瓦茨听了喜笑颜开，还说汉斯准是变成了黑石头，这下金河所有的金子都归自己独享了。格拉克却十分伤心，哭了整整一夜。第二天早上起来，格拉克看见家里空荡荡的，既没有面包，也没有钱，为了谋一条生路，他只好去给另一位金匠打工。他没日没夜地干活，干得既卖力又利索。没过多久，攒下来的工钱就足够为哥哥付清罚款了。他把这笔钱全部交给施瓦茨，施瓦茨这才走出了监狱。施瓦茨重获自由非常高兴，表示等他拿到金河的金子，可以分一点给格拉克。然而格拉克想要的并不是金子，他只盼望施瓦茨这次去金河能够找到汉斯的下落。

施瓦茨听说汉斯带去的圣水是偷来的，就寻思道，也许是这一步出了错，惹恼了金河王，自己可得想办法名正言顺地拿到圣水。于是，他又从格拉克给的钱里取出一点，跑去找一个心术不正的牧师，那牧师见钱眼开，立刻就送给他好些圣水。施瓦茨想，这下圣水绝对没问题了，自己这次去金河必定成功。

第二天早上，天还没亮，施瓦茨就起床了。他往野餐篮里放了些面包和酒，把圣水装进长颈水壶，就踏上了前往金河的旅途。就像弟弟汉斯一样，他完全没预料到会遇上那片巨大的冰川，并且在翻越冰川时同样吃足了苦头，为了减少累赘，施瓦茨也扔掉了一整篮食物。那天的天气不算晴朗，天上虽然没有云朵，但笼罩着一层浓厚的紫雾，远处的群山显得既低沉又阴郁。等施瓦茨开始攀登那条陡峭的、毫无遮挡的山路时，他也像弟弟汉斯一样感

到焦渴难耐，终于忍不住把水壶举到嘴边，准备喝上几口。这时他就看见那个漂亮的孩子，半死不活地躺在旁边的岩石上，一边哭泣一边呻吟，求他给点水喝。

"水？拜托！"施瓦茨说，"我的水还远不够自己喝的呢！"说完就大步向前走去了。走着走着，他感觉阳光越发暗淡，眼看着西边涌起了黑压压一大片乌云。他沿着山路攀爬了一个小时，又感到口干舌燥，准备再喝点水。这时他就看见那个老人，奄奄一息地躺在前面的山路上，哭喊着讨水喝。"水？拜托！"施瓦茨说，"我的水还远不够自己喝的呢！"说完又继续赶路了。忽然间，他感觉眼前的光线更幽暗了，抬头一看，只见一团血红的雾气罩住了太阳，之前那一大片乌云已经升得很高，云层边缘不断激荡着、翻腾着，犹如惊涛怒浪。这些云雾投下长长的阴影，忽明忽暗地摇曳在施瓦茨行走的山路上。

施瓦茨又攀爬了一个小时，渴意再度涌起。他刚把水壶举到嘴边，余光瞥见一个人瘫倒在前面山路上。等他定睛一看，是弟弟汉斯正向他伸出双臂，哀号着要水喝。"哈哈！"施瓦茨大笑道，"原来你在这儿呐。还记得监狱的窗栅吗？我的老弟！水？拜托！你以为我千辛万苦把水背过来，就是为了给你喝的吗？"说完他就从那个人身上跨了过去。可是，就在他跨过去的那一瞬间，他仿佛看到那个人唇边浮现一丝嘲笑，神情十分诡异。等他走出几米开外，再回头一看，那人已经不见了。

不知怎么回事，施瓦茨忽然感觉一阵心慌意乱。

但是对金子的贪欲让他顾不上害怕，继续快步赶路。那一大片乌云此刻已经升到了天顶，厚厚的云层中迸射出螺旋状的闪电，在整片天穹中肆意勾勒黑色的波纹，仿佛无尽的黑浪随电光闪耀而起伏摇撼。太阳正要落山了，西边天际一片殷红，如同鲜血浸染的湖面。忽然一阵狂风从西边吹起，把密布的彤云撕得支离破碎，远远地飘零在黑暗之中。

施瓦茨终于站到了金河的岸边。这时候，金河的波浪已经成了黑色，就像那片持续闪电的雷雨云，而喷出的泡沫却犹如烈火。施瓦茨把长颈水壶投进急流，他脚下河水的轰鸣和头顶滚滚的雷声，顿时彼此应和，交汇在一起。说时迟那时快，他眼前划过一道闪电，脚下裂开一条地缝，金河的轰鸣声立刻淹没了他的哭喊。夜色中，金河发出一阵阵刺耳的哀号，那是河水正在冲刷着——黑心汉斯和黑心施瓦茨变成的两块黑石头。

第五章
格拉克的金河探险之旅

格拉克见施瓦茨同样一去不回，感到十分难过，一时不知所措。他的钱都给了施瓦茨，身无分文，只好又去给那个金匠打工。金匠吩咐他干的活很繁重，付给他的工钱却少得可怜。一两个月之后，格拉克累得吃不消了，他终于下定决心也去金河碰碰运气。

"那个小矮人金河王看起来挺好心的，"他心想，"他应该不会把我变成黑石头的。"他也去找牧师要圣水，牧师二话没说就给了他。于是，格拉克也把面包装进野餐篮，把圣水装进长颈水壶，第二天一大早就踏上了前往金河的旅途。

如果说那片冰川让两个哥哥吃尽了苦头，那么格拉克遭遇的是二十倍的惊险与艰难，因为他不像他们那么强壮，走山路也不如他们熟练。他重重地

62

摔了几跤，野餐篮和面包都弄丢了，还被冰面下诡异的轰鸣声吓得魂飞魄散。他历尽艰险，终于翻越了冰川，然后躺在草地上休息了很久才缓过来。等他踏上那条陡峭山路时，已经到了一天中最热的时候。他沿着山路攀爬了一个小时，就像两个哥哥那样，他也感到非常口渴，打算喝一点儿水。这时他忽然看见一个老人，正从前方的山路走过来，显得十分虚弱，整个人倚在拐杖上。"孩子，"那老人开口了，"我渴得要晕倒了，给我点水喝吧。"格拉克抬眼一看，只见老人脸色苍白、疲惫不堪，他毫不犹豫就把水壶递上前去，还说："您尽管喝，不要全都喝光就好。"

可是老人真的一口气喝了许多水，等他把水壶还给格拉克时，水只剩三分之一了。然后，老人祝格拉克一路顺利，格拉克就开开心心地继续前进了。他感觉山路越来越好走，路上不时出现一小簇青草，路边有蚂蚱在尽情鸣唱。格拉克想，他这辈子还没听过这么欢快的歌声呢。

格拉克又走了一个小时，他觉得越来越渴，迫不及待要喝水解渴。然而，他刚一举起水壶，就看见一个孩子有气无力地躺在路边，可怜兮兮地哭喊要

水喝。格拉克内心挣扎了一下，马上决定自己先忍一忍，把水让给孩子喝。他将水壶凑到那孩子唇边，那孩子赶紧喝了起来，不知不觉壶里的水喝得只剩下了几滴。喝过水，那孩子很快恢复了活力，冲着格拉克甜甜一笑，站起来往山下跑去。格拉克目送着她，只见她的身影越来越小，就像一颗遥远的小星星，格拉克这才转过身继续攀登。前方山路上，岩石间盛开着各色各样馨香的野花：翠绿的苔藓上缀满浅粉的小花，犹如天上的繁星；娇嫩的龙胆花宛如一个个小铃铛，比最深邃的天空还要蓝；还有那洁白的百合花，纤尘不染，晶莹剔透。红蝴蝶和紫蝴蝶在花丛中翩然飞舞，头顶的晴空洒下清澈的阳光。格拉克不禁觉得，这真是前所未有的幸福和美好。

格拉克继续赶路，然而一个小时之后，他再一次感到焦渴难耐。他打开水壶看了看，里面只剩下五六滴水，他不敢再喝，只好强忍渴意，把水壶挂

回到腰带上。这时，他瞧见一只小狗躺在岩石上，呼哧呼哧地喘着粗气，就如汉斯那天爬山时看到的一样。格拉克停下脚步，看了看小狗，又望了望前方的金河，只要再向上攀登一百五十米，就能到达他此行的目的地。他又想起小矮人说过的话——"倘若第一次尝试失败了，就再也没有机会试第二次了"。他狠狠心想绕过那只小狗，却因为它凄凉的呜咽声而再次停下了脚步。"可怜的小家伙，"格拉克说，"如果我现在不救它，等到我下山路过时，它可能就死掉了。"他定睛凝视小狗，小狗也可怜兮兮地回望着他，四目相对，格拉克实在是于心不忍。"让金河王和他的金子都见鬼去吧！"格拉克叫道。他打开水壶，把剩下的水一股脑儿倒进小狗的嘴里。

小狗喝了水，一跃而起，用后腿支撑站立着。它的尾巴不见了，耳朵越拉越长，变得柔软丝滑、金灿灿的，鼻子变得通红，眼睛亮闪闪的。才过了

　　三秒钟，小狗已经不复存在，站在格拉克面前的竟然是他的老朋友——金河王。

　　"谢谢你。"金河王说。格拉克想起自己刚刚让金河王见鬼去吧，听到这句回答十分意外，一脸的惊慌失措。于是金河王又说："别害怕，我不会生气的。"

　　"你为什么不早一点来呢？"那小矮人接着说，

"反而让你那两个无赖哥哥先来，害我还得费劲把他们变成黑石头。他们变成的石头可真硬呢。"

"我的天哪！"格拉克叫道，"你竟然对他们这么残忍？"

"残忍？"小矮人说，"他们把不圣洁的水洒进我的河里，难道我就任凭他们为所欲为吗？"

"怎么会呢？"格拉克说，"我敢肯定，先生——啊不，陛下，他们洒下的是取自教堂圣水盘里的水啊。"

小矮人回答："也许确实是取自教堂的水，可是，"说到这里，他的表情忽然变得十分严肃，"如果有难不帮、见死不救，即使是得到天堂诸圣祝福的水，也不能算是圣水；相反，如果慈悲为怀、扶危济困，哪怕是曾经被尸体玷污的水，也堪称圣洁无比。"

说完这番话，小矮人弯下腰，摘起一朵盛开在他脚边的百合花。在它洁白的花瓣上，挂着三滴晶莹的露珠。小矮人把露珠摇落到格拉克手中的长颈水壶里。"把这些水洒进河里,"小矮人说,"然后从另一侧下山,直接走回珍宝谷。祝你一路顺利。"

小矮人一边说着,一边身形变得模糊起来。只见他华丽衣袍上变幻的色彩形成了一道鲜亮的七彩薄雾,他的身影被薄雾遮住,恍如盖着一段宽阔的彩虹。过了一会儿,七彩渐渐暗淡,薄雾飘散在空中,金河王就这样消失了。

格拉克一路攀登,终于来到金河的岸边。金河的滚滚波涛就像水晶般清澈、阳光般灿烂。他将三滴露珠洒向金河,露珠坠落处出现了一个小小的漩涡,河水发出悦耳的声音,汇入漩涡之中。

格拉克站在原地观察了一会儿,感到大失所望,因为河水不仅没有变成金子,甚至连水量都减少了很多。不过,他还是依照老朋友金河王的嘱咐,从另一侧下山,径直向珍宝谷走去。一路上他都依稀听见河水在地下汩汩奔流的声音。珍宝谷终于出现在他的眼前，同时映入眼帘的还有一条河，宛如灿烂的金河，正从峭壁上的一道新裂缝中喷涌出来，化作无数涓涓细流，蜿蜒流淌在一堆堆红色沙砾间，滋润着珍宝谷的土地。

眼前的情景让格拉克又惊又喜，他不禁睁大双眼，久久凝视，只见青草从久违的溪水旁边破土而出，爬藤在湿润的原野上肆意蔓延；娇艳的花朵霎时间在河的两岸怒放，如同暮色渐深时乍然出现的点点繁星；桃金娘灌木丛和葡萄藤的卷须长得飞快，在山谷中投下的影子也越来越长。就这样，珍宝谷又变回了鸟语花香的乐园。这份祖祖辈辈辛苦耕耘的家业，曾在冷酷自私中葬送，又在博爱无私中焕发新生。

于是格拉克回到珍宝谷，定居了下来。打那时起，他的家门始终对穷人敞开，因此他的家里总是粮食满仓，金玉满堂。小矮人的承诺兑现了，对格拉克来说，这条河真的成了一条财源滚滚的金河。

直至今日，谷里的居民仍然能指出格拉克把三滴圣水洒入金河的位置，也能说清金河在地下沿着哪条水路一直流到珍宝谷。在金河瀑布的上游，依然屹立着那两块黑石头，每当日落时分，冲刷着黑石头的河水就会发出刺耳的哀号。珍宝谷的居民至今仍然把这两块黑石头称为——黑心兄弟。

作者小传

《金河王》的作者约翰·罗斯金是 19 世纪杰出的艺术家、思想家。1819 年 2 月 8 日，他出生于伦敦，是家中的独生子。

他的父母是苏格兰后裔，来自加洛韦的阿代尔和阿格纽家族，祖上出过许多赫赫有名的将领和官员。

父亲约翰·詹姆斯·罗斯金是典型的苏格兰人，精力旺盛，才能过人。他最初在伦敦做书记员，后来与人合伙经商，在他的苦心经营下，"罗斯金 – 特尔福德 – 多梅克公司"成为伦敦最大的商行之一。他喜爱文学和艺术，经常召集志趣相投的朋友到家中做客。

母亲玛格丽特·罗斯金是福音派基督徒，美丽能干，坚韧又虔诚，做人做事都一丝不苟。她非常关注儿子的成长，约翰·罗斯金在学业、体育、道德各方面都受到了严格而精心的训练和教育。

约翰·罗斯金就在这样严格的家庭氛围中成长起来，时时刻刻受到督促。此外，父母还让他从小学习音乐和美术，培养他的文学兴趣和审美品位。

少年时代，他是个性格古怪、孤僻沉默的小男孩。他的生活缺少玩伴和玩具，通常的消遣就是画画，他会一连画上几个小时，或者从窗户观察街道上的人和事。

罗斯金非常热爱大自然。他小时候经常与家人出门旅行，游历了法国、比利时、德国和瑞士。可以说，他少年时代的大部分时间都在探索和领略自然之美。由此他对大自然产生了浓厚的兴趣。

在父母的鼓励和引导下，罗斯金从很小的时候就开始尝试写作。而他小小年纪就对文学产生了自己的见解，这也得益于父母投入大量的时间和精力陪他阅读经典作品。

罗斯金的母亲希望他成为一名牧师，每天都教他读《圣经》，他也因此对《圣经》中的许多段落熟读成诵。这个过程颇费心力，但罗斯金获益匪浅，他从《圣经》耐人寻味、诗意盎然的语言中，领略了文辞的优美，也感受到崇高人物的魅力。

罗斯金的写作生涯最初尝试的是诗歌。他七岁时写下第一首诗，格律十分严整，只是在抒情上还欠火候。到二十岁时，他已经创作了大量的浪漫抒情诗。他的诗作虽然算不上才情惊艳的名篇，但因其严谨精练、格调高雅而自成一家。

他上学上得断断续续，主要在家中接受教育，不过，他最终还是进入了牛津大学。就读牛津期间，他虽然没有什么重大成就，但也并非不值一提，他这一阶段的作品依旧延续了精准、扎实的个人风格。

二十四岁时，罗斯金以一本《现代画家》（第一卷）正式开启他的艺术评论家生涯。在书中，罗斯金为当时的"非主流"英国画家透纳极力辩护，极度推崇他的艺术成就。尽管招致绘画界的冷眼和艺术评论家的抨击，这本书仍然一炮而红，罗斯金也因此成名。接着，他又出版了一本关于建筑艺术的精深之作——《建筑的七盏明灯》。

1848 年 4 月 10 日，罗斯金与艾菲·格雷结婚。七年前，他为当时才 12 岁的艾菲写作了童话《金河王》，没想到这个小女孩后来成为了他的妻子。

此后，罗斯金又出版了多部著作，当之无愧地进入英国历史上最杰出的散文家之列。

1869 年，他被推选为牛津大学的斯莱德艺术讲座教授[1]，之后长期在牛津担任这一职位，直到1879年因病退休。

退休后，罗斯金隐居在布伦特伍德镇的家中，投入他的最后一项工作：撰写自传《过去》。彼时他已患上精神疾病，他自传中写了许多个人琐事和

---

1. 斯莱德艺术讲座教授职位，由英国收藏家菲利克斯·斯莱德(Felix Slade)捐资在牛津大学、剑桥大学和伦敦大学设立，因而得名。

生活碎片。

1900 年 1 月 20 日，罗斯金在布伦特伍德镇去世。他完全够格在伦敦的西敏寺¹享有一席之地，可是人们以他的遗愿为重，把他安葬在科尼斯顿小镇的教堂墓地中。

在他的作品中，文学成就最高的当数《芝麻与百合》《现代画家》《威尼斯的石头》《野橄榄王冠》以及《给英国工人的信》。不过，最深受广大读者喜爱的，莫过于这个随手创作的小故事——《金河王》。

---

1. 即威斯敏斯特修道院（Westmister Abbey)，英国王室成员以及许多领域的伟大人物都安葬在此处。

图书在版编目（CIP）数据

金河王/（英）约翰·罗斯金著；（美）伊丽莎白·
M. 费舍尔绘；吴湛译. -- 上海：上海人民美术出版社，
2022.10（2025.3 重印）
（大作家写给孩子们）
书名原文：The King Of The Golden River
ISBN 978-7-5586-2369-1

Ⅰ.①金… Ⅱ.①约… ②伊… ③吴… Ⅲ.①童话—
英国—近代 Ⅳ.① I561.88

中国版本图书馆 CIP 数据核字 (2022) 第 136617 号

金河王

著　　者：[英] 约翰·罗斯金
绘　　者：[美] 伊丽莎白·M. 费舍尔
译　　者：吴　湛
项目统筹：尚　飞
责任编辑：康　华　张琳海
特约编辑：宋燕群
装帧设计：墨白空间·李　易
出版发行：上海人民美术出版社
　　　　　（上海市号景路 159 弄 A 座 7 楼）
　　　　　邮编：201101　电话：021-53201888
印　　刷：河北中科印刷科技发展有限公司
开　　本：880mmx1230mm 1/32
字　　数：24 千字
印　　张：2.75
版　　次：2022 年 12 月第 1 版
印　　次：2025 年 3 月第 4 次
书　　号：978-7-5586-2369-1
定　　价：45.00 元

读者服务：reader@hinabook.com　188-1142-1266
投稿服务：onebook@hinabook.com　133-6631-2326
直销服务：buy@hinabook.com　133-6657-3072
网上订购：https://hinabook.tmall.com/（天猫官方直营店）

后浪出版咨询（北京）有限责任公司 版权所有，侵权必究
投诉信箱：editor@hinabook.com　fawu@hinabook.com
未经许可，不得以任何方式复制或者抄袭本书部分或全部内容
本书若有印、装质量问题，请与本公司联系调换，电话 010-64072833

呂思勉編

理學綱要